# DISNEY PRINCESS

# 迪士尼公主
## 短篇故事集

### 互助友愛篇

新雅文化事業有限公司
www.sunya.com.hk

# 迪士尼公主短篇故事集
## 互助友愛篇

翻　　譯：羅睿琪
繪　　圖：Disney Storybook Art Team
責任編輯：周詩韻
美術設計：陳雅琳
出　　版：新雅文化事業有限公司
　　　　　香港英皇道499號北角工業大廈18樓
　　　　　電話：(852) 2138 7998
　　　　　傳真：(852) 2597 4003
　　　　　網址：http://www.sunya.com.hk
　　　　　電郵：marketing@sunya.com.hk
發　　行：香港聯合書刊物流有限公司
　　　　　香港新界大埔汀麗路36號中華商務印刷大廈3字樓
　　　　　電話：(852) 2150 2100
　　　　　傳真：(852) 2407 3062
　　　　　電郵：info@suplogistics.com.hk
印　　刷：中華商務安全印務有限公司
　　　　　香港新界大埔汀麗路36號
版　　次：二〇一七年七月初版
　　　　　二〇一九年五月第二次印刷

"Bedtime for Max" written by Rebecca Schmidt. Copyright ©2016 Disney Enterprises, Inc. Based on characters from the movie Tangled. Copyright © 2010 Disney Enterprises, Inc.
"A Nighttime Stroll" written by Calliope Glass. Copyright © 2017 Disney Enterprises, Inc. Based on characters from the movie Cinderella. Copyright © 1950 Disney Enterprises, Inc.
"Star Stories" written by Megan Bryant. Copyright © 2017 Disney Enterprises, Inc. Based on characters from the movie Beauty and the Beast. Copyright © 1991 Disney Enterprises, Inc.
"The Ghost Lights" written by Liz Marsham. Copyright © 2016 Disney Enterprises, Inc. Based on characters from the movie The Little Mermaid. Copyright © 1989 Disney Enterprises, Inc.
"Grumpy's Not Sleepy" written by Tracey West. Copyright © 2017 Disney Enterprises, Inc. Based on characters from the movie Snow White and the Seven Dwarfs. Copyright © 1937 Disney Enterprises, Inc.
"Briar Rose to the Rescue" written by Tracey West. Copyright © 2017 Disney Enterprises, Inc. Based on characters from the movie Sleeping Beauty. Copyright © 1959 Disney Enterprises, Inc.
"Tiana's Long Night" written by Rebecca Schmidt. Copyright © 2017 Disney Enterprises, Inc. Based on characters from the movie The Princess and the Frog. Copyright © 2009 Disney Enterprises, Inc. Story inspired in part by the book The Frog Princess by E. D. Baker copyright © 2002, published by Bloomsbury Publishing, Inc.
"Lost and Found" written by Rebecca Schmidt. Copyright © 2017 Disney Enterprises, Inc. Based on characters from the movie Pocahontas. Copyright © 1995 Disney Enterprises, Inc.
"The Princess and the Kelpie" adapted from the story "Merida's Wild Ride" by Susan Amerikaner. Copyright © 2013 Disney/Pixar. Based on characters from the movie Brave. Copyright © 2012 Disney/Pixar.

ISBN:978-962-08-6820-7
© 2017 Disney Enterprises, Inc.
Published by Sun Ya Publications (HK) Ltd.
18/F, North Point Industrial Building, 499 King's Road, Hong Kong
Published and printed in Hong Kong

# 目錄

# 樂佩公主

# 麥斯武的安睡時間

## 麥斯武的安睡時間

　　日冕國迎來了美好的早晨，所有人都愉快地迎接這一天。所有人，換句話說，皇家侍衛隊隊長——馬兒麥斯武不包括在內。麥斯武正勤奮地工作着，他忙於巡邏街道，留意有沒有人做壞事或鬧事。

　　「是我的錯覺嗎？麥斯武看來似乎有點……奇怪？」阿占一邊與樂佩在城中閒逛，一邊問。

　　樂佩仔細地觀察麥斯武，她發現麥斯武的雙眼下面有深深的黑眼圈，而他向來梳理得整整齊齊的鬃毛也亂七八糟的。

　　「你說得對。」樂佩說，「他看來好像已經數個星期沒有睡過覺！」

　　阿占和樂佩很擔心他們的好朋友麥斯武，不知道他發生了
什麼事，所以找了麥斯武的副手來查問。

　　「隊長太擔心沒能做好自己的職務。」這位侍衛說，「他
一直沒有睡覺，不管我們派出多少人當值，他仍堅持自己需要
留下來繼續巡邏！」

　　樂佩非常憂心，拒絕睡覺對麥斯武來說不是一件好事。

　　「你知道這代表什麼吧？」她給了阿占一個彼此心照不宣
的眼神。

　　「我們商量計劃的時間到了？」阿占問。

　　「對！」樂佩同意說。

## 麥斯武的安睡時間

兩人離開那裏，策劃他們的大計。當他們回來時，發現麥斯武正與他的手下進行演習。

「麥斯武！」樂佩高聲叫道，「我到處都找不到巴斯高，你可以幫我找他嗎？我怕有他可能遇到什麼壞事了！」

麥斯武挺起胸膛。他是時候出馬了！麥斯武開始嗅聞地面，找尋變色龍巴斯高的氣味。

阿占和樂佩跟着麥斯武在城內到處走，但他們在任何地方都找不到巴斯高。

　　最後，就在他們轉向馬廄時，麥斯武捕捉到巴斯高的氣味了。

　　大夥兒衝向馬廄的大門，急着要拯救巴斯高。不過，原來巴斯高正在一堆乾草上睡得又香又甜呢！

　　「你找到巴斯高了！做得好，麥斯武！」樂佩說。

　　「我說，麥斯武老友記。」阿占說，「既然我們都來到馬廄了，這裏又有一堆舒服的乾草，你小睡一會怎麼樣？」

　　可是麥斯武只是搖搖頭。他實在太忙碌了，沒空休息！

## 麥斯武的安睡時間

　　樂佩和阿占互望一眼，感到失望極了。他們原本希望哄騙麥斯武跟着他們前往馬廐，他們便能說服麥斯武好好休息。不過現在看來他們需要另一個計劃了。幸好，阿占很快便想出了另一個辦法！

　　一會兒後，阿占和樂佩發現麥斯武正在檢查剛到達港口的船舶。

　　「麥斯武！果園裏的所有蘋果都被偷走了！」阿占大叫道。

　　麥斯武知道自己必須做點什麼，他不能讓賊人在他看管的範圍逃走！麥斯武向着蘋果園跑去，他的朋友跟隨着他。

## 麥斯武的安睡時間

　　大夥兒一起在果園裏找尋蘋果被偷走的線索。沒多久，麥斯武發現到一些腳印，於是他和他的朋友一起跟隨腳印走，他們回到了王宮，走進廚房……就在那裏，他們發現了一個冒着熱氣的蘋果批！

　　那些蘋果原來並不是被偷走，而是被廚師用來炮製一款特別的甜點，準備在王室的晚宴上招待客人。

　　「蘋果批！我最愛吃蘋果批了。」阿占興高采烈地說，「不過蘋果批總是會讓我昏昏欲睡。麥斯武，你想吃一口嗎？」

　　可是麥斯武又一次搖搖頭。他沒有時間吃蘋果批！現在蘋果失蹤的案件已經解決，他要回去工作了。日冕國需要他！

## 麥斯武的安睡時間

　　失望的阿占望向樂佩，他一直深信自己的計劃會成功的！

　　「也許我們可以讓麥斯武累得筋疲力盡，令他不得不睡覺？」樂佩提議說，「我們只需要讓他到處跑一會兒。」突然，她想到一個好主意。

## 麥斯武的安睡時間

「我們趕去小鴨子酒吧！」樂佩告訴麥斯武，「酒吧裏的惡霸們遇上麻煩了！」

「麻煩」正是麥斯武唯一希望聽見的詞語。他示意樂佩和阿占跳到他的背上，三個伙伴一同飛奔前往小鴨子酒吧。

## 麥斯武的安睡時間

　　麥斯武闖進小鴨子酒吧。他掃視酒吧，尋找鬧事的人。不過所有人都圍在鋼琴旁邊，開開心心地邊唱歌邊大笑。

　　麥斯武望向樂佩和阿占，一臉困惑。沒有人遇上麻煩！他歎口氣，轉身離開。

「等一等，麥斯武。」樂佩說，「對不起，我們對你說謊了。我們只是很擔心你。老實說，我們一整天都在嘗試讓你休息一下。」

「我們只是想幫忙。」阿占補充說。

「你真的需要休息，麥斯武。」樂佩說，「你能留下來聽首歌嗎？」

麥斯武知道他的朋友這樣關心自己，竟花了一整天來嘗試幫助自己，他深受感動。他輕聲嘶鳴了一下，同意留下來了。他想：聽一首歌不會有什麼問題的。

## 麥斯武的安睡時間

　　樂佩狡點地笑了笑，在鐵勾惡霸耳邊悄悄說了些話。
鐵勾惡霸點點頭，然後開始在鋼琴上彈奏一首輕柔、平靜
的搖籃曲。

　　樂佩跟着音樂唱起歌來，她留意到麥斯武正隨着樂曲
左搖右晃。慢慢地，他的眼睛合上。沒多久，麥斯武便沉
入夢鄉了。

## 麥斯武的安睡時間

　　阿占在麥斯武身上蓋上被子，而樂佩則揮手示意大家迅速離開小鴨子酒吧。惡霸們安靜地關上酒吧的大門。看到麥斯武熟睡的樣子，大家都很高興，樂佩給了阿占一個擁抱。

　　雖然忙碌了一整天，但他們終於讓麥斯武得到他需要的休息了！

# DISNEY PRINCESS

## 灰姑娘

# 深夜夢遊

# 深夜夢遊

「灰姑娘！灰姑娘！」葛斯一邊嚷着，一邊跑進灰姑娘的房間，「穀倉裏來了一隻新老鼠哦！她名叫格蕾塔。她可以和我們待在一起嗎？」

灰姑娘向着她的老鼠朋友温柔一笑。「當然可以啊！」她說，「這裏永遠有空間迎接多一個新朋友！」

灰姑娘很喜愛她的老鼠朋友。在她還末遇上王子時，她從她繼母的貓路西法手中拯救了這羣小老鼠。現在他們與灰姑娘一起在王宮裏生活。

　　灰姑娘和小老鼠一同着手準備迎接新朋友，他們希望讓這位新朋友感到就像在家中一般舒適！

　　小老鼠做了一張小牀給格蕾塔，他們在只有老鼠體型大小的牀墊裏，塞滿了從王宮草坪上收集來的蒲公英絨毛。

　　同時，灰姑娘給格蕾塔縫製了一些新衣服，而葛斯則用一個線軸製作了一個牀頭櫃。

　　「格蕾塔會睡得又香又甜，就像鼠寶寶一樣！」葛斯則說着，將一個插着花兒的小花瓶放在牀頭櫃上。

# 深夜夢遊

葛斯急不及待要將他的新朋友介紹給灰姑娘認識！

「格蕾塔！」葛斯興奮地高聲說，「這位是灰姑娘！」

灰姑娘跪下來，用尾指和格蕾塔的小爪子握手。「歡迎你來到這裏。」灰姑娘說，「你一定餓了。」

格蕾塔拍拍自己的肚子，點了點頭。

灰姑娘向她的新朋友微笑着說：「好吧，不如先給你換上新衣服，然後我們便去享用美味又豐富的晚餐！」

就在小老鼠忙着給格蕾塔做小牀時，灰姑娘的小鳥朋友已經準備好一桌豐盛的歡迎大餐了。

大餐的菜式有鮮嫩的生菜沙律、烤焗芝士湯配小多士粒，還有在王宮廚房裏存放的各種果仁呢！

格蕾塔開心地埋頭大吃，而其他小老鼠則忙着問她各種各樣的問題。

沒多久，葛斯發覺格蕾塔的眼皮漸漸下垂。於是葛斯拖着格蕾塔的小爪子，帶她到她的新睡牀去。

「啊！」格蕾塔開心地拍着手說，「多舒服的睡牀啊！謝謝你們！謝謝你們！」

格蕾塔爬上睡牀，很快便沉沉睡去，埋在她的蒲公英枕頭中輕輕地打着鼻鼾。

夜深的時候，一個模糊的身影沿着王宮花園的小徑前行。

「站住！」其中一名守衞喝道，「是誰在那裏？」

守衞蹲下來瞄向那條陰暗的小徑。

「哎呀，是王妃的老鼠朋友！」他說。

格蕾塔揉揉眼睛，望向四周。「我在哪裏？」她一臉迷惘地問道。

守衞笑着告訴格蕾塔她在花園裏，接着陪她返回王宮。

# 深夜夢遊

　　第二天早上，格蕾塔告訴她的新朋友關於她昨晚在王宮花園裏冒險的事情。

　　「那真是太奇怪了！」她說，「上一刻我還在睡牀上，舒服又溫暖，做着最美妙的夢……」

　　「那之後發生了什麼事？」傑克問道。

　　「我在花園裏醒過來！」格蕾塔驚訝地高聲說，「我還穿着睡袍！完全不知道我怎麼會去到那裏！」

　　小老鼠們全都倒抽了一口氣。

　　「我以前從來沒試過夢遊呢，一次也沒有！」格蕾塔說着，拿起一顆藍莓咬了一口。

　　所有小老鼠都認為格蕾塔夢遊很可能是只此一次的事情，她大概還未適應她的新睡牀吧！

　　「我肯定那不會再次發生了。」格蕾塔愉快地同意說。

　　那天晚上，格蕾塔上牀睡覺時，她很有信心自己會一覺睡到天亮。不過，數小時後，她卻在王宮的大閘醒來，完全記不起她怎麼去到那裏！

　　接着下一個晚上，她直接穿過了大閘，走到大街上。

　　「真要命！」格蕾塔說。一個好心的村民帶她返回王宮去。

　　接下來的數天裏，灰姑娘和她的老鼠朋友用盡一切可能的方法來幫助格蕾塔。

# 深夜夢遊

傑克在格蕾塔睡覺前給她一杯溫暖的牛奶。「它總能讓我睡個好覺!」他說。

不過那天晚上,格蕾塔卻在村莊裏醒來。

葛斯試着在格蕾塔的睡牀四周放置一些會發出吵耳聲音的皺紙,不過那天晚上她又起牀夢遊,她直接走了過去,眼也沒睜一下。

灰姑娘則在王宮正門裝上一道跟老鼠體型大致相同的小閘門,不過格蕾塔解開了門鎖,翩然離開了王宮……完全沒有醒過來!

「我不知道自己原來懂得解鎖!」格蕾塔說,「每一天都學會新的東西呢!」

「也許是每一晚。」葛斯認同說。

## 深夜夢遊

不管灰姑娘和她的朋友如何努力地嘗試讓格蕾塔留在王宮裏，都沒有任何方法奏效。

最終，在一天的清晨時分，格蕾塔醒來時，她發現自己身處一條陌生的村莊裏，而且雙腿痠痛。她從來不曾離開王宮這麼遠，在視線盡頭也看不見王宮。

「我在哪裏？」這隻小老鼠一邊走過街道，一邊大聲地說。她來到的這個小城鎮非常細小又十分安靜，所有人都仍在睡夢中。

突然，格蕾塔停下來了。一陣非常吸引的香氣從一間小店中飄散出來。

　　「是芝士店！」格蕾塔興奮地說，然後飄飄然地走近小店
人門。

　　那種獨特的香氣是芝士的氣味，但不是來自普通的芝士。

　　「我從來不曾嗅過那樣子的芝士。」格蕾塔喃喃自語。那
是非常濃郁的氣味，她深信那芝士的味道一定非常美妙。

格蕾塔一口氣跑回王宮去。

「我解開了夢遊之謎了！」她一邊說，一邊衝過大門。

格蕾塔向她的朋友講述她最新的一次冒險。「原來我的鼻子每一晚都引領着我前往那間芝士店！」她說，「只是我花了好一陣子才去到那裏。」

所有人都對那種神奇的芝士好奇不已。到底是什麼東西發出如此誘人的氣味，竟能令格蕾塔每晚夢遊，一直走到另一條村莊去？

　　於是，
吃過早餐後，
灰姑娘便召來了皇
家馬車。很快，她和她
的老鼠朋友便在前往鄉郊的路上了。

　　「就在那裏！」格蕾塔一邊興奮地吱吱叫，一邊指着
那一間芝士店。

　　馬車停下來了，大家一同爬下馬車。

　　平凡的芝士店老闆發現這天的第一批顧客竟然是王妃殿下和
一大羣老鼠，大吃一驚。

格蕾塔只花了數秒到處嗅聞，便認出了她夢遊時嗅到過的那種臭味芝士。「是這一種了！」她說。

老闆開心地給格蕾塔一片芝士，讓她試吃。

「啊，那真是無與倫比！」格蕾塔說，「味道濃郁，太好吃了！」

灰姑娘為她的新朋友找到自己非常享受的東西而高興。她向老闆眨了眨眼，將整塊芝士買下來，送給她這位小小的朋友。

那天晚上，格蕾塔享用了美妙的睡前小食：數片餅乾，
上面塗滿了她最喜歡的芝士。

「嗯！」她說，「那真是太美味了。」

接着，肚子飽飽的格蕾塔舒舒服服地蜷縮在牀上睡着
了——她一整夜都留在牀上，沒有離開過。

# DISNEY PRINCESS

## ✦ 貝兒 ✦

# 星座的故事

## 星座的故事

夜幕降臨了，貝兒和阿齊正在城堡的庭園中散步。

「看！」貝兒說着指向晚空，「那是天龍。」

「龍？」阿齊倒抽一口氣，四處張望，「在哪裏？」

「那不是真正的龍。」貝兒回答說，「那是一個星座。」

「一個星什麼？」阿齊很迷惑，皺起了小臉。

「一個星座。」貝兒重複了一遍，「那是一組看起來像一幅圖畫的星星。」

## 星座的故事

　　貝兒用手指在空中比劃着，描出天龍的形態，並說：「看到了嗎？那些星星就像一條龍。」

　　「我看見了！我看見天龍了！」阿齊興奮地跳上跳下。

　　接着他停了下來。「天上還有多少個其他星座呢？」他問貝兒，「它們是怎樣被人們發現的？」

　　貝兒笑了。「跟我來。我知道我們可以在哪裏認識關於星座的事情！」

# 星座的故事

在圖書館裏，貝兒找到一本關於星座的書。

「很久以前，人們尋找藏在星星之中的圖案。」她大聲唸道，「這些星星的圖案便被人們稱為星座。星座成為了許多故事的靈感來源，有些故事直到今天仍然被人傳頌呢！」

「是怎樣的故事呢？」阿齊好奇地問。

「有的故事是一些精彩的冒險。」貝兒回答說，「有的故事則解釋了一些超乎尋常的事情。」她翻了翻書頁，「看！這裏有一幅夜空圖，顯示了所有不同的星座。」

阿齊凝視着那本書。「我們到外面去找出這些星座吧！」他興奮地嚷着，從桌子上一躍而下，蹦蹦跳跳地走向門口，貝兒跟在阿齊身後。

## 星座的故事

當他們走到外面時，天色卻一片黑暗，烏雲密布。

「對不起，阿齊。」她說，「天空中太多雲了，今晚我們看不到星座了。」

「怎麼會這樣？」阿齊難過地說，「我真的很想看看那些星座啊！」

看到阿齊一臉失望的樣子，貝兒很想讓他快樂一點。突然，她想到一個好辦法。

「也許，」她開口說，「我們可以製作一個屬於我們的星座！我們可以把它掛在圖書館裏，然後想出一個關於它的故事！」

「好啊！」阿齊高聲歡呼，「我們動手吧！」

「首先我們需要一些閃閃發亮的東西當作星星。」貝兒沉思着說，「我知道可以請誰來幫忙。」

貝兒帶着阿齊上樓，來到她的睡房。睡房裏，衣櫃嬸嬸正放好一條裙子，準備給貝兒第二天穿上。

「你們兩個看起來正忙着呢！」衣櫃嬸嬸說。

「我們要實行一項計劃——」貝兒剛開口，還沒來得及說完，阿齊便打斷了她的話。

「不過我們不能告訴你計劃內容。那是一個驚喜！」阿齊興奮地說，「請問你有沒有一些閃亮的東西可以借給我們？」

「當然有！」衣櫃嬸嬸高聲地說。她身上的兩個抽屜「嗖」的一聲打開了，其中一個放着由金、銀和銅製成的閃亮鈕扣，另一個則放着不同大小的水晶珠子。「你們需要多少便拿多少吧，我還有許多這些小東西呢！」

「你認為我們的夜空還需要些什麼呢？」貝兒問。

「我們需要一些星球！」阿齊高聲說。他跑過走廊，衝進葛士華的房間。

「葛士華！」他大叫說，「我們可以借走一些齒輪嗎？」

「齒輪？」葛士華困惑地重複了一遍。他臉上的指針瘋狂地轉動起來。

　　「我們準備在圖書館裏炮製一個驚喜，需要用到一些齒輪。」貝兒解釋說。

　　「那樣的話……」葛士萃說着，打開了一個箱子，拿出了數個亮晶晶的齒輪，「這些可以嗎？」

　　「它們非常合用！」阿齊說。

　　「謝謝你！」貝兒跟着阿齊離開房間時大聲說。

「現在我們需要找方法來把我們的星星串連在一起。」貝兒告訴阿齊。

「也許媽媽有些我們可以用的東西。」阿齊說。

一如往常，茶煲太太看見他們便非常開心。「要來壺好茶嗎？」她問。

「不用了，謝謝媽媽。」阿齊搖搖頭，「我們正忙着實行一個大計劃呢！你有鐵絲或是繩子嗎？」

「啊，有啊，我有鐵絲。這個用來放雞蛋的籃子破了個洞，對我沒有用了。你們可以解開它，拿鐵絲來用。」茶煲太太說。

## 星座的故事

　　回到圖書館，貝兒和阿齊把他們收集到的東西全部放在桌子上，接着他們便開始製作他們的星座。

　　「阿齊，我們幾乎忘記了一件重要的事情！」貝兒說，「那就是星座的故事！那是我最喜歡的一個部分。」

　　「別擔心。」阿齊回答，「我知道要說個怎樣的故事。」

　　阿齊將他的想法告訴了貝兒。

　　「好極ㄌ！」貝兒說。

　　「不過我們如何將這個星座掛在半空中呢？」這個小小的茶杯問。

　　「我知道有誰能夠幫助我們。」貝兒說，「我馬上回來！」

　　貝兒匆匆來到野獸的房間。當貝兒向野獸說了自己和阿齊的計劃後，野獸便開開心心地跟着貝兒到圖書館去。

　　野獸爬到梯子的頂端，掛好他們的星座，然後用一塊大大的黑色布簾將它蓋住。

　　大功告成，是時候邀請所有人來欣賞他們的驚喜了。

## 星座的故事

　　阿齊坐在手推車上到處跑，邀請所有人來到圖書館。

　　待朋友們安頓好之後，貝兒便吹熄圖書館裏的蠟燭，令四周變暗一些。接着阿齊開始說出星座的故事。

　　「很久以前，有一個名叫貝兒的女孩在森林中迷路了。外面又黑又冷，還下起大雪來。」

　　貝兒隨即向空中灑出紙雪花。

　　「噢，真美啊，親愛的。」茶煲太太說。

　　「這真是營造氣氛的好方法！」盧米亞補充說。

「突然，一羣兇殘的野狼開始追趕這個女孩！」阿齊高聲說，讓所有人都倒抽了一口氣。

「女孩嚇壞了，不過她下定決心要逃走。她穿過了樹林，但野狼從後跟隨。很快，牠們便將女孩重重圍住了。女孩很肯定野狼會將她吞噬。就在那時，野獸不知從什麼地方現身，攻擊野狼。他將其中一隻野狼用力拋上高空，令牠不斷往上飛，往上飛，往上飛到空中，變成了一個所有人都能看見的星座。而它就留在那裏，直到今天，提醒大家不可以傷害怪獸的朋友！」

阿齊說完故事之際，貝兒便扯下布簾，展示他們製作的星座。大家都紛紛用力鼓掌！

　　「等等，等等，等等。」盧米亞說着，走到貝兒的身旁，「我想你們忘記了一個重要的細節。」

　　貝兒和阿齊互看一眼，困惑極了。他們製作的夜空有星座和其他星球，還準備了一個精彩的故事。他們忘記了什麼呢？

　　「星星應該閃閃發亮的，對吧？」盧米亞微笑着問。他將蠟燭指向星座，令每一顆珠子和鈕扣都閃耀起來。

　　所有人都同意：現在這個星座確是完美無瑕！

# 神秘的鬼火

## 神秘的鬼火

在一個深夜裏，艾莉兒被一陣咳嗽聲吵醒了。原來是她的姐姐艾德瑞娜生病了。

艾莉兒游向姐姐。

「我能幫你做些什麼嗎？」她輕聲說，小心避免吵醒其他人，「或者我拿杯夜百合花茶給你喝？」

## 神秘的鬼火

　　所有人都知道，剛摘下的新鮮夜百合是治療重感冒的最佳藥材。

　　「你做不到的。」艾德瑞娜以沙啞的聲音說，「醫生已經很多天都沒法子採集夜百合了。他們說很難接近夜百合，因為……它們被一隻鬼魂看守着！」

# 神秘的鬼火

　　艾莉兒並不害怕鬼魂。她的姐姐需要那種藥材，而她要為姐姐將藥拿到手！

　　艾莉兒偷偷溜出房間去找小比目魚。然後，他們兩個一起出發去採夜百合。

　　就在他們漸漸游近王國邊境時，艾莉兒和小比目魚看見一羣守衛緊緊地盯着前方漆黑的海洋。

　　「他們在看什麼？」小比目魚問。

　　「噓，他們會發現你的！」艾莉兒低聲說。

　　艾莉兒是不可以在晚上離開王國的。要是守衛看見她，肯定會要她回家！

## 神秘的鬼火

突然，一些細小的藍色光點在黑暗中迅速移動！

「它們出現了。」一個守衛說。

「是鬼火！我們去看看吧！」另一個守衛說。

「不行，絕對不可以接近鬼火！」第一個守衛回應道，「它們會迷惑你，令你跟隨它們走，然後你便會永永遠遠迷失在大海中。」

「你聽到了嗎？」小比目魚輕聲說，「也許我們應該回家。」

艾莉兒堅定地搖搖頭。「別這樣膽小啊！」她說，「艾德瑞娜需要我們！」

艾莉兒拉着小比目魚的魚鰭向前游，鬼鬼祟祟地避開守衛游走了。

# 神秘的鬼火

那些光點一邊飛快地上下舞動，一邊漸漸游近。

「你……你……你認為那是什麼？」小比目魚問，「是八爪魚嗎？」

光點再次移動，改變了形狀。

「是鯊魚！」小比目魚大叫出來。這尾小魚害怕得用魚鰭掩住雙眼。

艾莉兒放聲大笑。「別傻了。鯊魚才不會在黑暗中發光呢！不過肯定是有奇怪的事情發生了。來吧，我們游近些看清楚吧！」

　　當艾莉兒和小比目魚游近那些光點時，他們看見這些
光點並不是一隻龐大的生物，而是一整羣魚！

　　每一尾魚身上都布滿了藍色的光點，而他們的下方是
一整片夜百合！

　　「夜百合就在那裏！」艾莉兒高聲說，「來吧，我們
去採些夜百合，然後便回家去。」

## 神秘的鬼火

艾莉兒和小比目魚悄悄地接近夜百合。

這時，一尾魚游近他們。「你能幫幫我們嗎？」他大聲叫道。

「你打算讓我們跟隨你嗎？」小比目魚聲音顫抖地問，「我們不想永遠迷失啊！」

「什麼？」那尾魚問，「我們才是迷失的魚啊！我們是發光蟾魚。我們本應在近岸處生活的，但我們試了一次又一次，也找不到回家的路，總是回到這些花朵身邊！」

艾莉兒看看發出藍光的魚羣，再望望發出藍光的花朵。
「我知道怎樣幫忙了！」她說，「跟我來。」
艾莉兒、小比目魚和魚羣一同游向海面。

「從遠處看，夜百合和你們太相似了。」艾莉兒解釋說，
「你們總是不斷游向它們，因為你們以為它們是家人！」
接着，她指向晚空，說：「只要跟隨那顆明亮的星星往前
游，你們便能找到海岸了。」

　　魚羣繞着艾莉兒游了一圈又一圈，表示感謝，然後他們便游走了。

　　艾莉兒和小比目魚潛向夜百合花田。他們採集了許多夜百合，直至再也拿不動。

　　不久，邊境守衞似乎看見一雙巨大明亮的藍眼睛從黑暗中衝向他們！

　　「是鬼火！」他們驚惶地叫道。

## 神秘的鬼火

「別怕！是我和小比目魚。」艾莉兒高聲說。

守衞們鬆了一口氣，大笑起來。

「公主。」其中一個守衞說，「你不應該趁着夜色繞過邊境外出啊！」

「我不害怕黑暗，也不怕鬼故事。」艾莉兒回答說，「況且我的姐姐需要這種藥材啊！」

## 神秘的鬼火

　　艾莉兒和小比目魚帶着發光的花朵趕回王宮。沒多久，醫生便沖調好新鮮的夜百合花茶了。

　　艾莉兒將夜百合花茶拿給她的姐姐喝。很快，艾德瑞娜便感覺好多了。她忍不住說個不停，她告訴所有願意聽的人，艾莉兒有多麼勇敢——還有她如何幫上了大忙！

# 白雪公主

# 愛生氣不想睡

# 愛生氣不想睡

在森林深處的小木屋裏，白雪公主和七個小矮人剛吃完晚餐。

「好了，各位，把你們的盤子放進水槽裏吧！」白雪公主指示說。

「咔啦咔啦，咔啦咔啦」，小矮人們一個接一個將盤子放進木製的水槽中。

# 愛生氣不想睡

「咔啦咔啦，咔啦咔啦」，「哈啾！」

「保重呀，噴嚏精。」白雪公主關心地說。

「那不是我！」噴嚏精說。

「那麼是誰打噴嚏？」白雪公主問。

「那——哈啾——是我——哈啾！」愛生氣在一連串噴嚏中說。

白雪公主將手放在愛生氣的額頭上。

「噢，天啊！」她說，「你有點發燒了！你要上牀休息一下，馬上！」

白雪公主和其他小矮人帶愛生氣上樓，讓他上牀躺好。

「好好睡一會兒吧，愛生氣。」她說，「這會讓你舒服一些。」

「這真是——哈啾！——太荒謬了！」愛生氣說，「我沒有生病。哈啾！哈啾！況且我還有事情要做呢！你以為管風琴懂得——哈啾！——自己清潔自己？」

## 愛生氣不想睡

「我們會幫你清潔管風琴。」開心果提議說。

其他小矮人都點頭同意。

「你們不會做得好的。」愛生氣說着，掙扎着要下牀，白雪公主阻止了他。

「我肯定他們會做得妥妥當當的。」白雪公主說，「嗯，不如我來唱首好聽的歌幫助你入睡吧？」

　　白雪公主讓愛生氣躺回牀上，開始對他輕聲唱歌。沒多久，愛生氣的眼睛漸漸閉上，快要睡着了，就在那時——

　　「嘟嘟嘟！嘟嘟嘟！嘟嘟嘟！」

　　吵耳的聲音從樓下傳來了。

　　愛生氣立即睜開雙眼。「我的管風琴！」他大吼大叫，「我就知道他們會弄得一團糟！」

## 愛生氣不想睡

　　白雪公主趕到樓下。「你們發出太多噪音了！」她對小矮人說。

　　「不過這是一座管風琴啊！」瞌睡蟲說，「我們清潔它時不可能不發出……呵欠……任何聲音啊！」

　　「我有辦法！」萬事通說，「我們可以塞着那些東西！我的意思是找東西塞着那些管子！」

　　「嘩，這真是個很好的主意！」開心果贊同道，「糊塗蛋，拿幾隻襪子來！」

## 愛生氣不想睡

　　白雪公主返回樓上繼續照顧愛生氣了。

　　這時，糊塗蛋從洗衣籃中拿來一些襪子。小矮人們把襪子捲成一個個圓球，再塞進管風琴的管子裏。接着，萬事通用抹布擦拭管風琴的琴鍵。

　　「噗！噗！噗！」捲起來的襪子從管風琴的管子中飛出來。

　　「砰！砰！砰！」襪子擊中了掛在牆上的湯鍋和平底鍋！

　　「嘟！嘟！嘟！」管風琴又唱起歌來了。

「我聽見了那些聲音！」愛生氣從樓上叫嚷道，「你們以為我在一片吵鬧聲中還睡得着嗎？哈啾！」

白雪公主又回到樓下看看其他小矮人。

「也許我們可以等愛生氣好好休息過後才清潔管風琴。」她說，「你們不如各自挑一本書來看看？那是一項讓人開心又安靜的活動呢！」

「這真是個好主人——我是說，好主意！」萬事通說。

　　小矮人們衝到書架前。

　　「我想看關於樹木的書。」害羞鬼含羞答答地說。

　　「我想看關於寶藏的故事──哈啾！」噴嚏精說着踮起了腳，擠開害羞鬼。

　　「我要拿一本關於小鳥的書。」開心果說着擠開了噴嚏精。

　　瞌睡蟲擠開了開心果，「我想要那本……呵欠……睡前故事集。」

　　萬事通擠開了瞌睡蟲，「糊塗蛋和我想看那本──」

　　萬事通絆倒了，跌在瞌睡蟲身上，瞌睡蟲站不穩，撲向了開心果，於是開心果又撞倒了噴嚏精和害羞鬼，令他們跌向書架。結果，所有書本一下子全掉在地上，發出巨響！

　　「我聽見了那些聲音！」愛生氣向着樓下咆吼。

　　「噢，糟了。」白雪公主說，「也許你們應該到外面去，讓可憐的愛生氣好好地睡一會兒。」

　　白雪公主把小矮人們帶到庭院去，然後回到樓上照顧愛生氣。

「我們現在做什麼好呢？」開心果問。

「也許我們可以做些事情去幫助白雪公主。」害羞鬼羞怯地提議說。

「好主意！」萬事通說着，四處張望，「唔……這些窗子似乎可以清潔一下呢！」

## 愛生氣不想睡

　　小矮人馬上開始工作。糊塗蛋到小溪
取水，開心果和瞌睡蟲找來了梯子，害羞
鬼預備了抹布。接着，噴嚏精拿着水桶
和抹布爬上了梯子。

　　「好啦，噴嚏精！」萬事通往上
叫道，「開始擦窗子吧！」

　　「萬事通，」害羞鬼小聲說，
「你肯定叫噴嚏精到上面去是個
好主意嗎？」

　　「他做得到的。」萬事通
說，「會出什麼問題呢？」

# 愛生氣不想睡

「哈啾！」

噴嚏精打了個大大的噴嚏，然後從梯子上掉下來，正好落在開心果和瞌睡蟲張開的手臂中。

梯子撞上了晾衣繩，洗乾淨了的衣物全都掉到泥地上了！而水桶則落在一籃馬鈴薯上，令馬鈴薯散落一地。小矮人想要躲開掉下來的梯子，卻被馬鈴薯絆倒了。

「我聽見了那些聲音！」愛生氣從睡牀上生氣地叫道。

# 愛生氣不想睡

　　白雪公主走到屋外。「我想，再叫你們安靜下來也沒什麼用處了。」她說，「不過請你們把這裏收拾乾淨！」

　　小矮人們點點頭。在白雪公主回去照顧愛生氣時，小矮人便開始工作。他們重新洗乾淨所有衣物，再掛起來晾乾。接着，他們把滿地的馬鈴薯拾起放好。最後，他們修理好梯子和水桶。

　　沒多久，他們全都打起呵欠來。

　　「這些工作真讓我昏昏欲睡啊！」瞌睡蟲說。

　　「我也很想睡了。」萬事通同意說，害羞鬼、開心果，還有噴嚏精和糊塗蛋也紛紛點頭。

# 愛生氣不想睡

　　白雪公主再次走到屋外。「我想你們現在全部都能好好睡一覺了。」她說。

　　小矮人沒有異議。他們一起走到樓上，各自爬上睡牀，白雪公主逐一為他們蓋好被子。

　　不久，他們都安穩地打起鼻鼾來──連愛生氣也睡着了！

# DISNEY PRINCESS
## ✦ 愛洛公主 ✦

# 蕾薇玫瑰的拯救行動

## 薔薇玫瑰的拯救行動

這是愛洛公主還住在森林裏時的故事，那時她的名字叫薔薇玫瑰。

「哎呀，糟糕了。」花拉阿姨說，她正仔細地察看火爐，「我們的木柴用光了！」

「沒有木柴？」藍天阿姨憂心忡忡地說，「那我們要如何整晚保持溫暖？沒有了爐火，我們會凍僵的！」

薔薇玫瑰向着她的阿姨笑了起來。她非常喜愛藍天阿姨，藍天阿姨確實有太多戲劇細胞了。

「我去撿些柴枝吧！」薔薇玫瑰提議說。

接着，她披好披風，走出小木屋。「我馬上回來！」她大叫道。

　　薔薇玫瑰沒走多遠便找到柴枝了。她走進森林不
久，雙手便已經抱滿了柴枝。正當薔薇玫瑰準備回家
時，她聽到一些聲響。

　　「呼嗚！呼嗚！」

　　薔薇玫瑰轉過身來，看見她的好朋友貓頭鷹正坐在
一根樹枝上。

　　「噢，你好！」薔薇玫瑰回應說，「你今晚過得怎
樣？」

　　「呼嗚！呼嗚！」貓頭鷹又叫起來了。他拚命拍動翅膀，
在樹枝上跳上跳下。接着，他再叫了一聲，便飛進森林深處。
　　薔薇玫瑰皺起眉頭。她的動物朋友向來表現得相當平靜，
不會像貓頭鷹現在這樣不安。她只希望沒有什麼壞事情發生。
　　薔薇玫瑰放下她撿拾到的樹枝，然後跟着貓頭鷹走向森林
裏。

貓頭鷹在一棵高大的橡樹上降落。薔薇玫瑰知道兔子一家就住在橡樹裏面。

「是不是兔子們出了什麼問題？」她的心怦怦亂跳。

薔薇玫瑰跪下來，看進中空的樹幹裏，兔子媽媽就在那兒，緊張地擁着她的小寶寶。

「一隻……兩隻……」薔薇玫瑰點算着，「第三隻兔子寶寶在哪裏？應該還有一隻啊！」

現在薔薇玫瑰知道貓頭鷹為什麼如此難過了。原來有一隻兔子寶寶不見了！

「別擔心，我會找到他的。」薔薇玫瑰許下承諾，「貓頭鷹，你會來幫助我的，對嗎？」

「呼嗚！呼嗚！」
貓頭鷹答應了。

薔薇玫瑰站起來，望向森林的小徑。天色漸漸變暗了，但她仍能看見地上有些小腳掌留下的痕跡。

「看！」她說着指向小徑，「他往那邊去了。我們走吧！」

薔薇玫瑰沿着小徑走，貓頭鷹緊隨在她身後飛行。

不過，當她越向森林的深處走去，便有越多的樹木阻擋着月光。「很快我便什麼也看不見了！」她說。

就在她說話的時候，一羣螢火蟲飛向她。螢火蟲一閃一閃的照亮了小徑。薔薇玫瑰笑了，她感到非常驚喜。「噢！謝謝你們！」她說，「這樣好得多了。」

那些腳印一直通往一條小溪，之後便消失無蹤了。

　　「唔……」薔薇玫瑰說，「這個小不點肯定是跳到那些岩石上，越過小溪了。」

　　薔薇玫瑰踏上最接近她的一塊岩石。不過原來它不是岩石，而是烏龜的硬殼！一隻睡眼惺忪的烏龜從水裏伸出頭來。

　　「噢，天啊！」薔薇玫瑰把腳縮回來說，「真對不起。我不是故意踩在你身上的。我只是想要越過小溪。你的硬殼看上去就像一塊岩石。水裏還有你的同伴嗎？」

## 薔薇玫瑰的拯救行動

　　在一片騷動之中，再有四隻半夢半醒的烏龜伸出頭來，四處張望。

　　「很抱歉吵醒了你們。」薔薇玫瑰說，「但我不想再次不小心踩在你們身上！」薔薇玫瑰彎下身子，凝望着烏龜的硬殼。現在她知道怎樣辨別出烏龜和岩石的不同之處了。

　　「謝謝你們。」她一邊說，一邊小心翼翼地踏上一塊又一塊岩石，順利越過小溪，「現在你們可以回去休息了。」

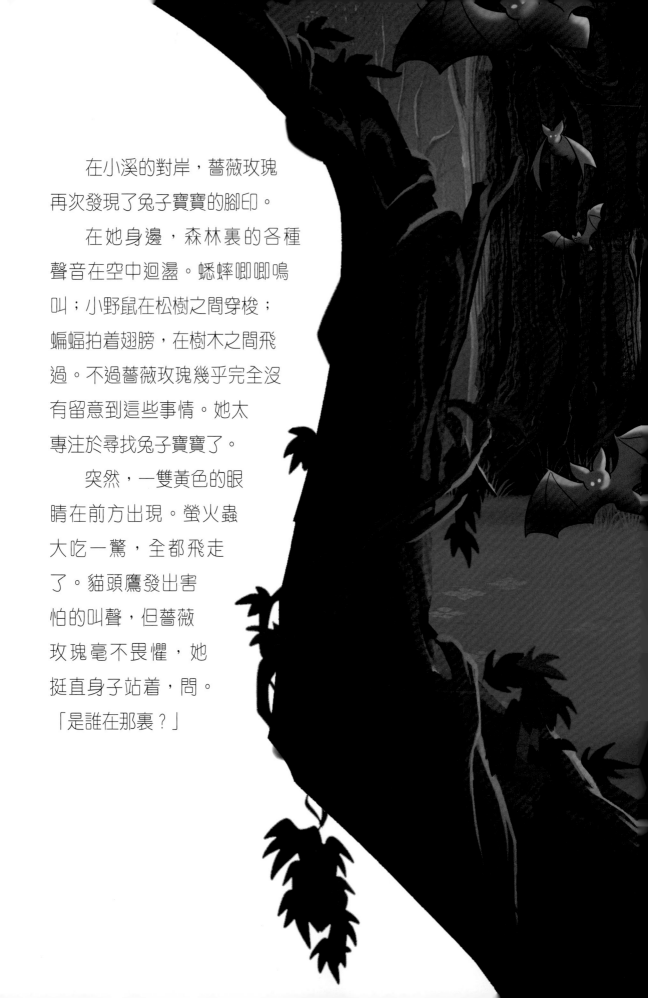

在小溪的對岸，薔薇玫瑰
再次發現了兔子寶寶的腳印。

在她身邊，森林裏的各種
聲音在空中迴盪。蟋蟀唧唧鳴
叫；小野鼠在松樹之間穿梭；
蝙蝠拍着翅膀，在樹木之間飛
過。不過薔薇玫瑰幾乎完全沒
有留意到這些事情。她太
專注於尋找兔子寶寶了。

突然，一雙黃色的眼
睛在前方出現。螢火蟲
大吃一驚，全都飛走
了。貓頭鷹發出害
怕的叫聲，但薔薇
玫瑰毫不畏懼，她
挺直身子站着，問。
「是誰在那裏？」

# 薔薇玫瑰的拯救行動

一隻小小的紅狐狸從灌木叢中跑出來。

「你好！」薔薇玫瑰微笑起來，接着她指向地上那一串腳印說，「我在尋找一隻失蹤的兔子寶寶。你有見過他嗎？」周圍變得太暗了，她幾乎看不見那些腳印了。

紅狐狸望着薔薇玫瑰，一臉困惑。接着牠開始嗅聞地面。一會兒後，牠轉身前進。

薔薇玫瑰趕緊動身，跟着那隻紅狐狸走。

　　「呼嗚！呼嗚！」突然，貓頭鷹發出警示似的叫聲，
然後飛到薔薇玫瑰面前，阻止她進前。她停下來往下一
看——她正站在懸崖邊緣！

　　原來紅狐狸走在一棵倒下來的大樹上，橫過了懸崖，
而薔薇玫瑰因為天色太黑，沒能看清前路，差點就踏出懸
崖邊緣！

　　「謝謝你，貓頭鷹。」薔薇玫瑰說，「你在晚上能夠
看得這樣清楚，真是太好了。」

　　接着，薔薇玫瑰跟隨紅狐狸的帶領，小心翼翼地走過
那棵倒下的大樹。

　　紅狐狸帶着薔薇玫瑰來到森林的邊緣。她看見面前有一間小木屋，旁邊有一個大大的菜園。

　　「謝謝你。」薔薇玫瑰向她的新朋友大聲道謝，但紅狐狸已經返回森林之中，不見了蹤影。

　　踏出森林後，薔薇玫瑰向着小木屋走去。月亮在頭上明亮地照耀着，她毫不費力便看見失蹤的兔子寶寶正安穩地臥在一棵生菜裏睡覺呢！

　　薔薇玫瑰輕聲笑了，抱起了熟睡的兔子寶寶，然後走向歸途。她們橫過倒下的大樹，越過小溪，走向兔子一家居住的橡樹去。

## 薔薇玫瑰的拯救行動

「給你。」薔薇玫瑰將兔子寶寶放進樹洞中，「牠平安無事呢！」

兔子寶寶蜷縮在牠的兄弟姐妹身旁沉睡。兔子媽媽高興得舔遍牠全身，但牠只是微微扭動了一下，沒有醒來。

薔薇玫瑰望着兔子一家微笑，然後她打了個呵欠。「哎呀，我也覺得很睏了！我要回去我的小木屋了。」

薔薇玫瑰拾起她的柴枝，回到小木屋去。她的三位阿姨非常擔心，正焦急地等着她。

「你去了哪裏？」花拉阿姨問。

「我們都很擔心你！」翡翠阿姨激動地說。

「我們去了找你，但只找到一堆被人遺下的柴枝。」藍天阿姨說，「我們還以為有人綁架了你！」

「對不起。」薔薇玫瑰說，「我遇上緊急事故了，而且，有誰會想傷害我呢？」

# 薔薇玫瑰的拯救行動

「算吧，算吧，藍天，她沒事的。」翡翠阿姨說，接着她望向薔薇玫瑰，「不如你吃點蛋糕，喝杯可口的熱茶，再告訴我們發生了什麼事吧？」

於是，她們圍坐在桌前，薔薇玫瑰向阿姨們詳細地講述了這場精彩的冒險。

# DISNEY
# PRINCESS
## 蒂安娜

# 蒂安娜的漫漫長夜

## 蒂安娜的漫漫長夜

　　這是蒂安娜的餐廳開幕前一天的晚上。蒂安娜從小的夢想就是經營自己的餐廳，現在她的夢想終於要實現了——如果她能及時預備好一切事情的話！

　　「來，蒂安娜，你需要休息一下，明天是個大日子啊！」蒂安娜的媽媽綺黛娜說。

　　「好吧，好吧，媽媽。我來了。」蒂安娜同意說。

　　蒂安娜一腳踏出餐廳大門時，她突然停了下來。

　　「我應該最後多檢查一次那鍋秋葵湯……」她說。秋葵湯是她爸爸留下來的食譜。蒂安娜希望它成為自己餐廳的星級菜式。

　　「對不起，媽媽。」蒂安娜說着跑回廚房，「我只是想這道湯完美無瑕！」

# 蒂安娜的漫漫長夜

蒂安娜拿出一根湯匙，嘗了嘗那鍋秋葵湯。

有些不對勁。秋葵湯很好喝，但並非完美無瑕。沒有完美的秋葵湯，蒂安娜不可能讓餐廳開張營業！於是她把舊的那鍋秋葵湯搬到一旁，重頭開始烹調。

「看來這晚將是漫長的一夜。」她一邊着手工作，一邊對自己說。

# 蒂安娜的漫漫長夜

蒂安娜是個出色的廚師，一鍋秋葵湯慢慢煮好了。

「嗯，嗯！」蒂安娜品嘗了新的一鍋秋葵湯後說，「這個像樣多了。」

現在這鍋秋葵湯只需加添一些蔬菜便完成了。蒂安娜剛準備切蔬菜時，想到了一個新主意：用一幅歡迎橫額來迎接賓客，真是再好不過了。

蒂安娜讓那鍋秋葵湯在火爐上細火慢煮，然後跑去找來一些顏料和紙張。她在大門前展開紙張，開始製作橫額。她才寫了幾個字母，便突然聽到餐廳裏傳來「砰」的一聲巨響。

「哎，那是什麼聲音？」蒂安娜對自己說。她放下了畫筆，留下完成了一半的橫額，向餐廳走去。她發現……一場災難！

## 蒂安娜的漫漫長夜

　　一陣強風吹開了餐廳的其中一道門，樂隊為餐廳開幕儀式而準備的樂譜被風吹得散落一地！

　　蒂安娜趕緊收拾樂譜。她想將它們放回原本的地方，但她不懂得看樂譜！要是她將樂譜的次序弄錯了，怎麼辦？

# 蒂安娜的漫漫長夜

「好了，蒂安娜，你身陷困境了。」她大聲說。

蒂安娜望望四周。她要去切準備放進秋葵湯裏的蔬菜，還有一幅橫額等着她完成。她把樂譜放在桌子上後，馬上返回廚房。樂譜的問題等一下再處理。

## 蒂安娜的漫漫長夜

蒂安娜推開廚房門，看見秋葵湯仍然在火爐上，但在湯鍋旁邊，有一碟切碎了的蔬菜！

「真奇怪！」蒂安娜想，「是誰把蔬菜切好了呢？」

蒂安娜肯定所有人都已經回家休息了。會不會是她自己切好蔬菜後忘記了這件事？

蒂安娜聳聳肩。她沒時間細想這件神秘的事情，她還有許多工作要做！

由於蔬菜已經預備好，很快秋葵湯便煮好了。蒂安娜最後一次試味——味道剛剛好！

接着，蒂安娜準備完成那幅橫額。

不過當蒂安娜走到大門，她卻發現自己無法畫完那幅橫額。因為它已經完成了，就掛在餐廳的入口！

「我肯定那不是我做的！」蒂安娜想，「誰會幫我做好這些事情？」

蒂安娜滿肚疑問，轉身返回餐廳，她還有那些樂譜要整理呢！不過當她望向桌子，卻發現樂譜早已不翼而飛！

蒂安娜走到舞台上，看到樂譜已經整理妥當，整齊地放在每一個樂手的譜架上了。

就在這時候，蒂安娜聽見後台傳來輕快的曲調。

蒂安娜好奇地打開門。

　　在餐廳外面，蒂安娜看見阿盧正吹奏他的喇叭。萊文王子和綺黛娜正開心地隨着音樂翩翩起舞。

　　「哎呀，哎呀！看看是誰在這裏？」蒂安娜問，她大笑起來。

　　「我早知道要是你返回廚房，一定會發現有更多工作要做！」蒂安娜的媽媽給了她一個擁抱，「我不會讓你自己一個忙碌一整晚的，我認為你需要一些額外人手！」

　　「你媽媽幫忙畫完那幅橫額。」萊文王子說，「而你也知道我喜歡切東西，畢竟我曾經從最厲害的廚師身上學習過呢！」王子擁着蒂安娜的腰，拉着她跳起舞來。

「那陣風令樂譜變得亂七八糟！」阿盧補充說，「幸好，我認識每一首樂曲，很容易便將樂譜按次序排列好。」

蒂安娜大笑起來。「謝謝各位！要是沒有你們幫忙，我真不知道要怎樣做好所有事情呢！」

「現在還有一件事要做。」萊文王子說。

蒂安娜望着他，一臉茫然。她還忘記了做什麼事情？

「我們得帶你回家，讓你睡個好覺！」他說，「明天是你的大日子，你現在需要好好休息。」

# 蒂安娜的漫漫長夜

　　夜深了，蒂安娜爬上睡牀。她望出窗外，看到夜空中的北極星正向她閃爍。

　　蒂安娜記得許多年前曾經向這顆星星許願。和爸爸一同經營餐廳是她一直以來的夢想，她多希望爸爸能和她一起，見證夢想成真。她知道爸爸會為她感到自豪的。她還要感謝朋友們的幫忙，明天的開幕儀式一定能完美地舉行。

# 寶嘉康蒂

# 尋找好朋友

夕陽的餘暉映照在寶嘉康蒂身上,她正躺在自己的獨木舟上做白日夢。在她身邊,浣熊米糕正輕輕打着鼻鼾。蜂鳥菲莉坐在獨木舟的邊緣,他把腦袋埋在他的翅膀下。

和緩的水流慢慢地將三個好朋友推向河流的下游,這時,寶嘉康蒂想着這天發生的一切事情,還有她希望明天會發生的所有事情。

突然,寶嘉康蒂聽到一把熟悉的聲音呼喚她的名字。

「寶嘉康蒂!寶嘉康蒂!」站在河岸上的原來是寶嘉康蒂最要好的朋友尼可曼。

寶嘉康蒂從獨木舟上坐起來。「尼可曼!我在這裏!」她一邊說,一邊高舉手臂揮動起來。

# 尋找好朋友

「原來你在這裏。」尼可曼說,「你爸爸派我來叫所有人回村莊去。可怕的暴風雨要來了!」

寶嘉康蒂抬頭望向天空。她看見一些烏雲在地平線那邊,但看起來距離還很遠。

「我等一會和你在村莊裏碰面吧!」她說完便躺回獨木舟上。

尼可曼嘗試說服寶嘉康蒂,但寶嘉康蒂面對暴風雨的經驗老到,而尼可曼要找的人還有許多。她看了她的好朋友一眼,便轉身向着森林走去。

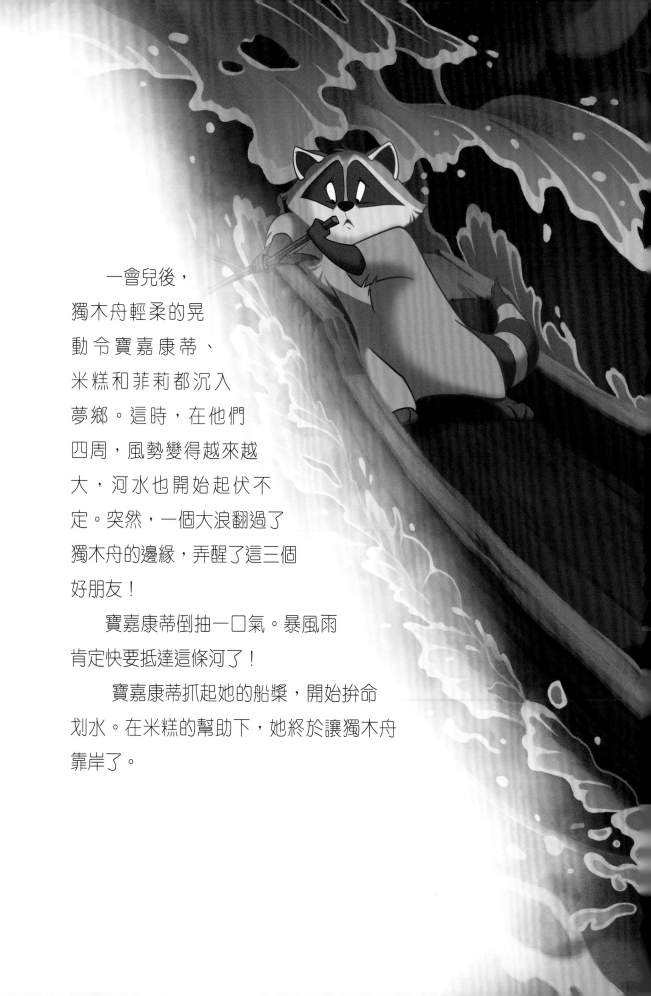

一會兒後，
獨木舟輕柔的晃
動令寶嘉康蒂、
米糕和菲莉都沉入
夢鄉。這時，在他們
四周，風勢變得越來越
大，河水也開始起伏不
定。突然，一個大浪翻過了
獨木舟的邊緣，弄醒了這三個
好朋友！

　　寶嘉康蒂倒抽一口氣。暴風雨
肯定快要抵達這條河了！

　　寶嘉康蒂抓起她的船槳，開始拚命
划水。在米糕的幫助下，她終於讓獨木舟
靠岸了。

# 尋找好朋友

「快點！」寶嘉康蒂叫喚着米糕和菲莉，「我們必須在下雨前趕回家。」

寶嘉康蒂望向天空。就在她做着好夢的時候，太陽已經下山了。現在她不可能分辨到暴風雨有多接近。不過如果強風已經出現，大雨也不會遠了。

突然，一陣特別強烈的風吹過樹林。菲莉的小翅膀不夠大去對抗風勢，他被吹到後方。幸好米糕抓住了他。

「別擔心——我們快要到達了！」寶嘉康蒂扭頭向着肩膀上的兩個朋友大聲說。

回到村莊後，寶嘉康蒂發現所有人都努力為抵禦暴風雨做準備，她連忙趕去幫忙。

寶嘉康蒂將一籃又一籃的粟米收集起來。當所有粟米都放在一起後，她便在粟米上蓋上一塊布，讓這些糧食不被雨水沾濕。

寶嘉康蒂正要檢查遮蓋的布夠不夠牢固時，第一滴雨水便落在她的頭上。她用力再拉了一下繩索後，便跑進她爸爸的帳篷裏。她一踏進帳篷，烏雲便猛地打開缺口，下起傾盆大雨來。

　　「好女兒，你終於回來了！」包華頓酋長說着，緊緊地擁抱住寶嘉康蒂，「我真擔心尼可曼沒有及時找到你。我早應該相信她非常了解你的行事風格。」

　　「對不起，爸爸。」寶嘉康蒂說，「尼可曼試着叫我回來，但我沒有聽她的話。」

　　寶嘉康蒂頓了一頓。她剛才好像沒有在村莊裏見過尼可曼。

　　「爸爸，你知道尼可曼現時在哪裏嗎？」她問。

　　包華頓酋長望着她的女兒，神色凝重。「我以為她跟你在一起！」他說。

　　寶嘉康蒂聽見外面狂風暴雨的聲音。如果尼可曼仍在外面，她可能會受傷，甚至遇上危險。

　　「我一定要去找她！」寶嘉康蒂告訴爸爸。

　　包華頓酋長還未來得及阻止寶嘉康蒂，她便跑到外面——徑直向着暴風雨的中心走去！

　　「尼可曼！尼可曼！」寶嘉康蒂一邊叫着，一邊衝向河邊。
她的朋友肯定在附近某處。

　　可是，雨勢太大了，寶嘉康蒂幾乎看不見面前的東西！她必
須緊緊抓住樹木，以免被風吹走。

　　寶嘉康蒂再次大聲呼喚，但暴風雨的聲音太吵了，她不知道她的好朋友能否聽見她的聲音！

　　為安全起見，寶嘉康蒂知道自己應該回去她的村莊，但是她必須找到她最好的朋友！她下定決心，繼續前進。

## 尋找好朋友

當寶嘉康蒂快要抵達河邊時，突然間，她聽見一些聲音。她把手拱起放在耳邊，嘗試集中精神聽清那些聲音。雖然聲音很微弱，但聽起來像是有人在呼叫她的名字！

「尼可曼——是你嗎？」寶嘉康蒂高叫着。

「寶嘉康蒂！你在哪裏？」她的好朋友大叫回應。

「繼續呼叫，尼可曼！我來找你！」寶嘉康蒂叫道。

　　寶嘉康蒂跟隨尼可曼叫喊的聲音走，終於，她發現尼可曼蜷縮着身子，靠在一塊岩石旁。

　　「寶嘉康蒂！我真不敢相信你在這麼可怕的暴風雨中前來找我。我太專注去找人，希望可以找到所有人，告訴他們到安全的地方暫避，結果我忘記了注意時間。到我打算回去的時候，暴風雨已經開始作惡了，我便在風雨中迷路了！」

「不要緊的，尼可曼！」寶嘉康蒂說，她握着尼可曼的手，「我們會一起回家的。我想暴風雨是向西邊去的。如果我們逆風前進，向東邊走，那就是返回村莊的路。」

兩個好朋友一起走進了暴風雨之中。雖然四周仍是非常昏暗，風勢猛烈，但這時暴風雨似乎沒那麼可怕了，因為寶嘉康蒂已經找到尼可曼了。

## 尋找好朋友

　　終於，寶嘉康蒂和尼可曼安全回到了包華頓酋長的帳篷。寶嘉康蒂的爸爸看見她們，立即鬆了一口氣，給這兩個女孩遞上溫暖的毛氈。

　　在帳篷外面，暴風雨仍然猛烈；但在帳篷裏面，寶嘉康蒂和尼可曼又乾爽又開心。

　　在火堆旁，她們緊靠在一起，聽着包華頓酋長講述關於部落過去和未來的故事。她們因這個晚上的冒險而倦極了，不久便睡着了。

# DISNEY PRINCESS

## ✦ 梅莉達 ✦

# 公主與水魔

## 公主與水魔

　　梅莉達很沮喪。她媽媽的生日快到了,她想要畫一幅畫送給媽媽。不過無論她畫什麼,感覺都不太對。

　　「為什麼我想不出要畫些什麼呢?」梅莉達問女僕莫蒂,「畫畫不應該這樣難啊!」

　　「開心點,小姑娘。」莫蒂回答說,「時機一到,靈感便會找上你了。」

　　梅莉達放下了羽毛筆，她打算去找些點心吃。這時，她聽見門外一陣喧鬧。她望向走廊，發現她的弟弟——哈伯、哈密和哈利——正在互相追逐。

　　「喂！上牀睡覺的時間早過了。」她說，「你們這些尿牀小惡魔還在這裏做什麼？」

　　「我們睡不着。」哈伯回答說。

　　「我們要聽睡前故事。」哈密解釋說。

　　「要很可怕的故事！」哈利補充說。

梅莉達大步走上走廊，一把抓起她的弟弟們。

「來吧。」她嚴厲地說，「我要帶你們回牀上去。」

三胞胎不斷扭來扭去，不過梅莉達比他們強壯多了。一瞬間她便將三個弟弟全都塞進被窩中。

「好啦，我看看。」梅莉達一邊說，一邊望向弟弟們的書本。「可怕的故事。喔！這本應該合用。」

## 公主與水魔

　　梅莉達從書架上拿出一本書，坐下來給三胞胎說故事。

　　「開始了。」她說，「《公主與水魔》。」

　　「公主的故事？」哈伯問，「那有什麼可怕的？」

　　「好啦，好啦。」梅莉達說，「不准頂嘴。你們要聽可怕的故事，那麼這個故事就是你們想要的。」

　　「水魔是什麼？」哈密問。

　　梅莉達微微一笑。「你很快便會知道了。」她回答說。

　　梅莉達打開書本，大聲朗讀起來。

　　「從前，有一個勇敢的公主。有一天，公主決定要外出，騎着她的駿馬去兜兜風。當他們走近樹林時，公主看見一抹灰影快速地從她眼前掠過。馬兒嚇得躍起身了，但公主並不害怕。『別像個膽小鬼一樣。』她告訴她的馬兒，『走吧！我們來看看那是什麼！』」

## 公主與水魔

「他們走了沒多久，便遇上了一匹灰色的雄馬。牠的皮毛閃閃發亮，鬃毛就像上好的細絲一般。公主從來沒見過這麼漂亮的動物。她小心地靠近那匹馬，避免嚇怕牠。不過她的馬兒卻上前，擋住了她的去路。

「『好啦，好啦。』公主說，『這匹馬可能迷路了，牠也許需要我們幫忙啊！』

# 公主與水魔

「公主的馬兒輕輕嘶鳴，站到旁邊去。雄馬用力踏了踏蹄子，低下頭來。公主伸手摸了摸牠如絲般細滑的鬃毛。

「『好了，現在看看你是不是有活力的好馬吧！』公主說着，一把抓住雄馬的鬃毛，躍到牠的背上。

「雄馬立即用後腳站起來。牠嘗試把公主摔下來，但公主仍留在馬背上。她騎了一輩子馬，清楚知道自己能馴服這匹馬，即使不用馬韁也沒問題。

# 公主與水魔

「突然，這匹雄馬向前疾衝。公主嘗試令牠冷靜下來，
但毫無效果。強壯的雄馬拒絕放慢。更糟糕的是，牠正直直
地向着一處懸崖衝去！

「公主嘗試放開雄馬的鬃毛，但她的手緊緊黏在鬃毛上
面了，連雙腿也黏住了馬身！

## 公主與水魔

「公主知道造成這種情況的只有一個原因——肯定是古老精靈的魔法生效了。

「公主再次嘗試拉開自己的雙手。如果她不找方法令雄馬停下來，雄馬便會帶着她一起衝出懸崖，直接掉進崖下的海灣中！

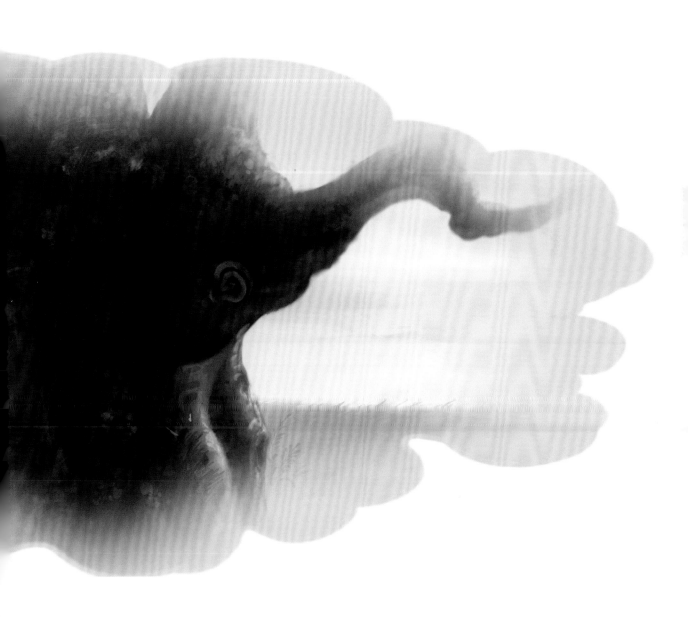

# 公主與水魔

「就在那時候，雄馬擦過了一棵樹。一些清晨的露水從樹枝上掉下來，落在公主的其中一隻手上，她的手立刻便從雄馬的鬃毛上滑開來。

「現在公主明白了。她遇上的不是一匹迷路的馬，而是一隻水魔——一種神秘的水精靈。

「公主渾身發抖，她的處境遠比她以為的更危險。水魔不是一種善良的生物，牠會將不留神的騎師扔進大海取樂。

「公主望着前方。水魔越來越接近懸崖邊緣了！

## 公主與水魔

「不過公主很聰明，她知道有一個方法可以弄停水魔。她需要一副韁繩。只有這樣，水魔才會聽從她的命令。

「公主吹響了口哨，呼喚她的愛馬。那匹駿馬立即飛奔過來追上了公主。公主利用已重獲自由的那隻手，從她馬兒的頭上扯下韁繩，套在水魔頭上。她握着韁繩，引導水魔走向遠離懸崖的路徑。

「當他們來到海灣邊緣時，水魔停了下來。就像施了魔法般，公主的手和腿立即恢復自由了。她從那匹神秘的馬身上滑下來。

# 公主與水魔

「水魔靜靜地站着，望向公主。公主深深凝望進水魔的雙眼。接着，她點了點頭，解下了韁繩。

「水魔搖搖頭，轉身走向海中。公主驚訝地看着水魔踏進海中，漸漸地消失無蹤。接着，她跨上了自己的馬兒，轉身回家。」

　　梅莉達合上書本。「好了，小傢伙，你們覺得這個
故事如何？真是個動人的故事，對吧？」

　　不過梅莉達的弟弟們沒有回答。他們早已睡得又香
又甜了。

　　梅莉達聳聳肩。「我以為這是個可怕的故事呢！」
她說。

　　梅莉達放下書本，躡手躡腳地悄悄離開弟弟們的
房間。

# 公主與水魔

梅莉達走過走廊，回到自己的房間。

莫蒂說得對，當她給三胞胎說故事時，她找到畫畫的靈感了。

梅莉達點亮了一根蠟燭，然後拿出一張全新的羊皮紙，開始畫畫。她肯定媽媽會很喜愛這幅畫的！